HÉSIODE ÉDITIONS

ALFRED DE MUSSET

Histoire d'un merle blanc

Hésiode éditions

© Hésiode éditions.

1 rue Honoré - 93500 Pantin.
ISBN 978-2-38512-003-0
Dépôt légal : Octobre 2022

Impression Books on Demand GmbH

In de Tarpen 42
22848 Norderstedt, Allemagne

Histoire d'un merle blanc

I

Qu'il est glorieux, mais qu'il est pénible d'être en ce monde un merle exceptionnel ! Je ne suis point un oiseau fabuleux, et M. de Buffon m'a décrit. Mais, hélas ! je suis extrêmement rare et très difficile à trouver. Plût au ciel que je fusse tout à fait impossible !

Mon père et ma mère étaient deux bonnes gens qui vivaient, depuis nombre d'années, au fond d'un vieux jardin retiré du Marais. C'était un ménage exemplaire. Pendant que ma mère, assise dans un buisson fourré, pondait régulièrement trois fois par an, et couvait, tout en sommeillant, avec une religion patriarcale, mon père, encore fort propre et fort pétulant, malgré son grand âge, picorait autour d'elle toute la journée, lui apportant de beaux insectes qu'il saisissait délicatement par le bout de la queue pour ne pas dégoûter sa femme, et, la nuit venue, il ne manquait jamais, quand il faisait beau, de la régaler d'une chanson qui réjouissait tout le voisinage. Jamais une querelle, jamais le moindre nuage n'avait troublé cette douce union.

À peine fus-je venu au monde, que, pour la première fois de sa vie, mon père commença à montrer de la mauvaise humeur. Bien que je ne fusse encore que d'un gris douteux, il ne reconnaissait en moi ni la couleur, ni la tournure de sa nombreuse postérité.

— Voilà un sale enfant, disait-il quelquefois en me regardant de travers ; il faut que ce gamin-là aille apparemment se fourrer dans tous les plâtras et tous les tas de boue qu'il rencontre, pour être toujours si laid et si crotté.

— Eh, mon Dieu ! mon ami, répondait ma mère, toujours roulée en boule dans une vieille écuelle dont elle avait fait son nid, ne voyez-vous pas que c'est de son âge ? Et vous-même, dans votre jeune temps, n'avez-vous pas été un charmant vaurien ? Laissez grandir notre merlichon, et vous verrez comme il sera beau ; il est des mieux que j'aie pondus.

Tout en prenant ainsi ma défense, ma mère ne s'y trompait pas ; elle voyait pousser mon fatal plumage, qui lui semblait une monstruosité ; mais elle faisait comme toutes les mères qui s'attachent souvent à leurs enfants par cela même qu'ils sont maltraités de la nature, comme si la faute en était à elles, ou comme si elles repoussaient d'avance l'injustice du sort qui doit les frapper.

Quand vint le temps de ma première mue, mon père devint tout à fait pensif et me considéra attentivement. Tant que mes plumes tombèrent, il me traita encore avec assez de bonté et me donna même la pâtée, me voyant grelotter presque nu dans un coin ; mais dès que mes pauvres ailerons transis commencèrent à se recouvrir de duvet, à chaque plume blanche qu'il vit paraître, il entra dans une telle colère, que je craignis qu'il ne me plumât pour le reste de mes jours ! Hélas ! je n'avais pas de miroir ; j'ignorais le sujet de cette fureur, et je me demandais pourquoi le meilleur des pères se montrait pour moi si barbare.

Un jour qu'un rayon de soleil et ma fourrure naissante m'avaient mis, malgré moi, le cœur en joie, comme je voltigeais dans une allée, je me mis, pour mon malheur, à chanter. À la première note qu'il entendit, mon père sauta en l'air comme une fusée.

— Qu'est-ce que j'entends-là ? s'écria-t-il ; est-ce ainsi qu'un merle siffle ? est-ce ainsi que je siffle ? est-ce là siffler ?

Et, s'abattant près de ma mère avec la contenance la plus terrible :

— Malheureuse ! dit-il, qui est-ce qui a pondu dans ton nid ?

À ces mots, ma mère indignée s'élança de son écuelle, non sans se faire du mal à une patte ; elle voulut parler, mais ses sanglots la suffoquaient, elle tomba à terre à demi pâmée. Je la vis près d'expirer ; épouvanté et tremblant de peur, je me jetai aux genoux de mon père.

– Ô mon père ! lui dis-je, si je siffle de travers, et si je suis mal vêtu, que ma mère n'en soit point punie ! Est-ce sa faute si la nature m'a refusé une voix comme la vôtre ? Est-ce sa faute si je n'ai pas votre beau bec jaune et votre bel habit noir à la française, qui vous donnent l'air d'un marguillier en train d'avaler une omelette ? Si le Ciel a fait de moi un monstre, et si quelqu'un doit en porter la peine, que je sois du moins le seul malheureux !

– Il ne s'agit pas de cela, dit mon père ; que signifie la manière absurde dont tu viens de te permettre de siffler ? qui t'a appris à siffler ainsi contre tous les usages et toutes les règles ?

– Hélas ! monsieur, répondis-je humblement, j'ai sifflé comme je pouvais, me sentant gai parce qu'il fait beau, et ayant peut-être mangé trop de mouches.

– On ne siffle pas ainsi dans ma famille, reprit mon père hors de lui. Il y a des siècles que nous sifflons de père en fils, et, lorsque je fais entendre ma voix la nuit, apprends qu'il y a ici, au premier étage, un vieux monsieur, et au grenier une jeune grisette, qui ouvrent leurs fenêtres pour m'entendre. N'est-ce pas assez que j'aie devant les yeux l'affreuse couleur de tes sottes plumes qui te donnent l'air enfariné comme un paillasse de la foire ? Si je n'étais le plus pacifique des merles, je t'aurais déjà cent fois mis à nu, ni plus ni moins qu'un poulet de basse-cour prêt à être embroché.

– Eh bien ! m'écriai-je, révolté de l'injustice de mon père, s'il en est ainsi, monsieur, qu'à cela ne tienne ! je me déroberai à votre présence, je délivrerai vos regards de cette malheureuse queue blanche, par laquelle vous me tirez toute la journée. Je partirai, monsieur, je fuirai ; assez d'autres enfants consoleront votre vieillesse, puisque ma mère pond trois fois par an ; j'irai loin de vous cacher ma misère, et peut-être, ajoutai-je en sanglotant, peut-être trouverai-je, dans le potager du voisin ou sur les gouttières, quelques vers de terre ou quelques araignées pour soutenir ma triste existence.

– Comme tu voudras, répliqua mon père, loin de s'attendrir à ce discours ; que je ne te voie plus ! Tu n'es pas mon fils ; tu n'es pas un merle.

– Et que suis-je donc, monsieur, s'il vous plaît ?

– Je n'en sais rien, mais tu n'es pas un merle.

Après ces paroles foudroyantes, mon père s'éloigna à pas lents. Ma mère se releva tristement, et alla, en boitant, achever de pleurer dans son écuelle. Pour moi, confus et désolé, je pris mon vol du mieux que je pus, et j'allai, comme je l'avais annoncé, me percher sur la gouttière d'une maison voisine.

II

Mon père eut l'inhumanité de me laisser pendant plusieurs jours dans cette situation mortifiante. Malgré sa violence, il avait bon cœur, et, aux regards détournés qu'il me lançait, je voyais bien qu'il aurait voulu me pardonner et me rappeler ; ma mère, surtout, levait sans cesse vers moi des yeux pleins de tendresse, et se risquait même parfois à m'appeler d'un petit cri plaintif ; mais mon horrible plumage blanc leur inspirait, malgré eux, une répugnance et un effroi auxquels je vis bien qu'il n'y avait point de remède.

– Je ne suis point un merle ! me répétais-je ; et, en effet, en m'épluchant le matin et en me mirant dans l'eau de la gouttière, je ne reconnaissais que trop clairement combien je ressemblais peu à ma famille. – Ô ciel ! répétais-je encore, apprends-moi donc ce que je suis !

Une certaine nuit qu'il pleuvait à verse, j'allais m'endormir exténué de faim et de chagrin, lorsque je vis se poser près de moi un oiseau plus mouillé, plus pâle et plus maigre que je ne le croyais possible. Il était à peu près de ma couleur, autant que j'en pus juger à travers la pluie qui nous inondait ; à peine avait-il sur le corps assez de plumes pour habiller un moineau, et il était plus gros que moi. Il me sembla, au premier abord, un oiseau tout à fait pauvre et nécessiteux ; mais il gardait, en dépit de l'orage qui maltraitait son front presque tondu, un air de fierté qui me charma. Je lui fis modestement une grande révérence, à laquelle il répondit par un coup de bec qui faillit me jeter à bas de la gouttière. Voyant que je me grattais l'oreille et que je me retirais avec componction sans essayer de lui répondre en sa langue :

– Qui es-tu ? me demanda-t-il d'une voix aussi enrouée que son crâne était chauve.

– Hélas ! monseigneur, répondis-je (craignant une seconde estocade), je n'en sais rien. Je croyais être un merle, mais l'on m'a convaincu que je n'en suis pas un.

La singularité de ma réponse et mon air de sincérité l'intéressèrent. Il s'approcha de moi et me fit conter mon histoire, ce dont je m'acquittai avec toute la tristesse et toute l'humilité qui convenaient à ma position et au temps affreux qu'il faisait.

– Si tu étais un ramier comme moi, me dit-il après m'avoir écouté, les niaiseries dont tu t'affliges ne t'inquiéteraient pas un moment. Nous voyageons, c'est là notre vie, et nous avons bien nos amours, mais je ne sais qui est mon père. Fendre l'air, traverser l'espace, voir à nos pieds les monts et les plaines, respirer l'azur même des cieux, et non les exhalaisons de la terre, courir comme la flèche à un but marqué qui ne nous échappe jamais, voilà notre plaisir et notre existence. Je fais plus de chemin en un jour qu'un homme n'en peut faire en dix.

– Sur ma parole, monsieur, dis-je un peu enhardi, vous êtes un oiseau bohémien.

– C'est encore une chose dont je ne me soucie guère, reprit-il. Je n'ai point de pays ; je ne connais que trois choses : les voyages, ma femme et mes petits. Où est ma femme, là est ma patrie.

– Mais qu'avez-vous là qui vous pend au cou ? C'est comme une vieille papillotte chiffonnée.

– Ce sont des papiers d'importance, répondit-il en se rengorgeant ; je vais à Bruxelles de ce pas, et je porte au célèbre banquier *** une nouvelle qui va faire baisser la rente d'un franc soixante-dix-huit centimes.

– Juste Dieu ! m'écriai-je, c'est une belle existence que la vôtre, et Bruxelles, j'en suis sûr, doit être une ville bien curieuse à voir. Ne pourriez-vous pas m'emmener avec vous ? Puisque je ne suis pas un merle, je suis peut-être un pigeon ramier.

– Si tu en étais un, répliqua-t-il, tu m'aurais rendu le coup de bec que je t'ai donné tout à l'heure.

– Eh bien ! monsieur, je vous le rendrai ; ne nous brouillons pas pour si peu de chose. Voilà le matin qui paraît et l'orage qui s'apaise. De grâce, laissez-moi vous suivre ! Je suis perdu, je n'ai plus rien au monde ; – si vous me refusez, il ne me reste plus qu'à me noyer dans cette gouttière.

– Eh bien, en route ! suis-moi si tu peux.

Je jetai un dernier regard sur le jardin où dormait ma mère. Une larme coula de mes yeux ; le vent et la pluie l'emportèrent. J'ouvris mes ailes et je partis.

III

Mes ailes, je l'ai dit, n'étaient pas encore bien robustes. Tandis que mon conducteur allait comme le vent, je m'essoufflais à ses côtés ; je tins bon pendant quelque temps, mais bientôt il me prit un éblouissement si violent, que je me sentis près de défaillir.

— Y en a-t-il encore pour longtemps ? demandai-je d'une voix faible.

— Non, me répondit-il, nous sommes au Bourget ; nous n'avons plus que soixante lieues à faire.

J'essayai de reprendre courage, ne voulant pas avoir l'air d'une poule mouillée, et je volai encore un quart d'heure ; mais, pour le coup, j'étais rendu.

— Monsieur, bégayai-je de nouveau, ne pourrait-on pas s'arrêter un instant ? J'ai une soif horrible qui me tourmente, et, en nous perchant sur un arbre…

— Va-t'en au diable ! tu n'es qu'un merle ! me répondit le ramier en colère.

Et, sans daigner tourner la tête, il continua son voyage enragé. Quant à moi, abasourdi et n'y voyant plus, je tombai dans un champ de blé.

J'ignore combien de temps dura mon évanouissement. Lorsque je repris connaissance, ce qui me revint d'abord en mémoire fut la dernière parole du ramier : Tu n'es qu'un merle, m'avait-il dit. – Ô mes chers parents ! pensai-je, vous vous êtes donc trompés ! Je vais retourner près de vous ; vous me reconnaîtrez pour votre vrai et légitime enfant, et vous me rendrez ma place dans ce bon petit tas de feuilles qui est sous l'écuelle de ma mère.

Je fis un effort pour me lever ; mais la fatigue du voyage et la douleur que je ressentais de ma chute me paralysaient tous les membres. À peine me fus-je dressé sur mes pattes, que la défaillance me reprit, et je retombai sur le flanc.

L'affreuse pensée de la mort se présentait déjà à mon esprit, lorsque, à travers les bluets et les coquelicots, je vis venir à moi, sur la pointe du pied, deux charmantes personnes. L'une était une petite pie fort bien mouchetée et extrêmement coquette, et l'autre une tourterelle couleur de rose. La tourterelle s'arrêta à quelques pas de distance, avec un grand air de pudeur et de compassion pour mon infortune ; mais la pie s'approcha en sautillant de la manière la plus agréable du monde.

– Eh, bon Dieu ! pauvre enfant, que faites-vous là ? me demanda-t-elle d'une voix folâtre et argentine.

– Hélas ! madame la marquise, répondis-je (car c'en devait être une pour le moins), je suis un pauvre diable de voyageur que son postillon a laissé en route, et je suis en train de mourir de faim.

– Sainte Vierge ! que me dites-vous ? répondit-elle.

Et aussitôt elle se mit à voltiger çà et là sur les buissons qui nous entouraient, allant et venant de côté et d'autre, m'apportant quantité de baies et de fruits, dont elle fit un petit tas près de moi, tout en continuant ses questions.

– Mais qui êtes-vous ? mais d'où venez-vous ? C'est une chose incroyable que votre aventure ! Et où allez-vous ? Voyager seul, si jeune, car vous sortez de votre première mue ! Que font vos parents ? d'où sont-ils ? comment vous laissent-ils aller dans cet état-là ? Mais c'est à faire dresser les plumes sur la tête !

Pendant qu'elle parlait, je m'étais soulevé un peu de côté, et je mangeais de grand appétit. La tourterelle restait immobile, me regardant toujours d'un œil de pitié. Cependant elle remarqua que je retournais la tête d'un air languissant, et elle comprit que j'avais soif. De la pluie tombée dans la nuit une goutte restait sur un brin de mouron ; elle recueillit timidement cette goutte dans son bec, et me l'apporta toute fraîche. Certainement, si je n'eusse pas été si malade, une personne si réservée ne se serait jamais permis une pareille démarche.

Je ne savais pas encore ce que c'est que l'amour, mais mon cœur battait violemment. Partagé entre deux émotions diverses, j'étais pénétré d'un charme inexplicable. Ma panetière était si gaie, mon échanson si expansif et si doux, que j'aurais voulu déjeuner ainsi pendant toute l'éternité. Malheureusement, tout a un terme, même l'appétit d'un convalescent. Le repas fini et mes forces revenues, je satisfis la curiosité de la petite pie, et lui racontai mes malheurs avec autant de sincérité que je l'avais fait la veille devant le pigeon. La pie m'écouta avec plus d'attention qu'il ne semblait devoir lui appartenir, et la tourterelle me donna des marques charmantes de sa profonde sensibilité. Mais, lorsque j'en fus à toucher le point capital qui causait ma peine, c'est-à-dire l'ignorance où j'étais de moi-même :

– Plaisantez-vous ? s'écria la pie ; vous, un merle ! vous, un pigeon ! Fi donc ! vous êtes une pie, mon cher enfant, pie s'il en fut, et très gentille pie, ajouta-t-elle en me donnant un petit coup d'aile, comme qui dirait un coup d'éventail.

– Mais, madame la marquise, répondis-je, il me semble que, pour une pie, je suis d'une couleur, ne vous en déplaise…

– Une pie russe, mon cher, vous êtes une pie russe ! Vous ne savez pas qu'elles sont blanches ? Pauvre garçon, quelle innocence !

– Mais, madame, repris-je, comment serais-je une pie russe, étant né au fond du Marais, dans une vieille écuelle cassée ?

– Ah ! le bon enfant ! Vous êtes de l'invasion, mon cher ; croyez-vous qu'il n'y ait que vous ? Fiez-vous à moi, et laissez-vous faire ; je veux vous emmener tout à l'heure et vous montrer les plus belles choses de la terre.

– Où cela, madame, s'il vous plaît ?

– Dans mon palais vert, mon mignon ; vous verrez quelle vie on y mène. Vous n'aurez pas plus tôt été pie un quart d'heure, que vous ne voudrez plus entendre parler d'autre chose. Nous sommes là une centaine, non pas de ces grosses pies de village qui demandent l'aumône sur les grands chemins, mais toutes nobles et de bonne compagnie, effilées, lestes, et pas plus grosses que le poing. Pas une de nous n'a ni plus ni moins de sept marques noires et de cinq marques blanches ; c'est une chose invariable, et nous méprisons le reste du monde. Les marques noires vous manquent, il est vrai, mais votre qualité de Russe suffira pour vous faire admettre. Notre vie se compose de deux choses : caqueter et nous attifer. Depuis le matin jusqu'à midi, nous nous attifons, et, depuis midi jusqu'au soir, nous caquetons. Chacune de nous perche sur un arbre, le plus haut et le plus vieux possible. Au milieu de la forêt s'élève un chêne immense, inhabité, hélas ! C'était la demeure du feu roi Pie X, où nous allons en pèlerinage en poussant de bien gros soupirs ; mais, à part ce léger chagrin, nous passons le temps à merveille. Nos femmes ne sont pas plus bégueules que nos maris ne sont jaloux, mais nos plaisirs sont purs et honnêtes, parce que notre cœur est aussi noble que notre langage est libre et joyeux. Notre fierté n'a pas de bornes, et, si un geai ou toute autre canaille vient par hasard à s'introduire chez nous, nous le plumons impitoyablement. Mais nous n'en sommes pas moins les meilleures gens du monde, et les passereaux, les mésanges, les chardonnerets qui vivent dans nos taillis, nous trouvent toujours prêtes à les aider, à les nourrir et à les défendre. Nulle part il n'y a plus de caquetage que chez nous, et nulle part moins de médisance. Nous ne manquons pas de vieilles pies dévotes qui disent leurs patenôtres toute la journée, mais la plus éventée de nos jeunes commères peut passer, sans crainte d'un coup de bec, près de la plus sévère douairière. En un mot, nous vivons de plaisir, d'honneur, de bavardage, de gloire et de chiffons.

– Voilà qui est fort beau, madame, répliquai-je, et je serais certainement mal appris de ne point obéir aux ordres d'une personne comme vous. Mais avant d'avoir l'honneur de vous suivre, permettez-moi, de grâce, de dire un mot à cette bonne demoiselle qui est ici. – Mademoiselle, continuai-je en m'adressant à la tourterelle, parlez-moi franchement, je vous en supplie ; pensez-vous que je sois véritablement une pie russe ?

À cette question, la tourterelle baissa la tête, et devint rouge pâle, comme les rubans de Lolotte.

– Mais, monsieur, dit-elle, je ne sais si je puis…

– Au nom du ciel, parlez, mademoiselle ! Mon dessein n'a rien qui puisse vous offenser, bien au contraire. Vous me paraissez toutes deux si charmantes, que je fais ici le serment d'offrir mon cœur et ma patte à celle de vous qui en voudra, dès l'instant que je saurai si je suis pie ou autre chose ; car, en vous regardant, ajoutai-je, parlant un peu plus bas à la jeune personne, je me sens je ne sais quoi de tourtereau qui me tourmente singulièrement.

– Mais, en effet, dit la tourterelle en rougissant encore davantage, je ne sais si c'est le reflet du soleil qui tombe sur vous à travers ces coquelicots, mais votre plumage me semble avoir une légère teinte…

Elle n'osa en dire plus long.

– Ô perplexité ! m'écriai-je, comment savoir à quoi m'en tenir ? comment donner mon cœur à l'une de vous, lorsqu'il est si cruellement déchiré ? Ô Socrate ! quel précepte admirable, mais difficile à suivre, tu nous as donné, quand tu as dit : « Connais-toi toi-même ! »

Depuis le jour où une malheureuse chanson avait si fort contrarié mon père, je n'avais pas fait usage de ma voix. En ce moment, il me vint à l'esprit de m'en servir comme d'un moyen pour discerner la vérité. « Parbleu ! pensai-je, puisque monsieur mon père m'a mis à la porte dès le premier couplet, c'est bien le moins que le second produise quelque effet sur ces dames. » Ayant donc commencé par m'incliner poliment, comme pour réclamer l'indulgence, à cause de la pluie que j'avais reçue, je me mis d'abord à siffler, puis à gazouiller, puis à faire des roulades, puis enfin à chanter à tue-tête, comme un muletier espagnol en plein vent.

À mesure que je chantais, la petite pie s'éloignait de moi d'un air de surprise qui devint bientôt de la stupéfaction, puis qui passa à un sentiment d'effroi accompagné d'un profond ennui. Elle décrivait des cercles autour de moi, comme un chat autour d'un morceau de lard trop chaud qui vient de le brûler, mais auquel il voudrait pourtant goûter encore. Voyant l'effet de mon épreuve, et voulant la pousser jusqu'au bout, plus la pauvre marquise montrait d'impatience, plus je m'égosillais à chanter. Elle résista pendant vingt-cinq minutes à mes mélodieux efforts ; enfin, n'y pouvant plus tenir, elle s'envola à grand bruit, et regagna son palais de verdure. Quant à la tourterelle, elle s'était, presque dès le commencement, profondément endormie.

– Admirable effet de l'harmonie ! pensai-je. Ô Marais ! ô écuelle maternelle ! plus que jamais je reviens à vous !

Au moment où je m'élançais pour partir, la tourterelle rouvrit les yeux.

– Adieu, dit-elle, étranger si gentil et si ennuyeux ! Mon nom est Gourouli ; souviens-toi de moi !

– Belle Gourouli, lui répondis-je, vous êtes bonne, douce et charmante ; je voudrais vivre et mourir pour vous. Mais vous êtes couleur de rose ; tant de bonheur n'est pas fait pour moi !

IV

Le triste effet produit par mon chant ne laissait pas que de m'attrister. – Hélas ! musique, hélas ! poésie, me répétais-je en regagnant Paris, qu'il y a peu de cœurs qui vous comprennent !

En faisant ces réflexions, je me cognai la tête contre celle d'un oiseau qui volait dans le sens opposé au mien. Le choc fut si rude et si imprévu, que nous tombâmes tous deux sur la cime d'un arbre qui, par bonheur, se trouva là. Après que nous nous fûmes un peu secoués, je regardai le nouveau venu, m'attendant à une querelle. Je vis avec surprise qu'il était blanc. À la vérité, il avait la tête un peu plus grosse que moi, et, sur le front, une espèce de panache qui lui donnait un air héroï-comique ; de plus, il portait sa queue fort en l'air, avec une grande magnanimité : du reste, il ne me parut nullement disposé à la bataille. Nous nous abordâmes fort civilement, et nous nous fîmes de mutuelles excuses, après quoi nous entrâmes en conversation. Je pris la liberté de lui demander son nom et de quel pays il était.

– Je suis étonné, me dit-il, que vous ne me connaissiez pas. Est-ce que vous n'êtes pas des nôtres ?

– En vérité, monsieur, répondis-je, je ne sais pas desquels je suis. Tout le monde me demande et me dit la même chose ; il faut que ce soit une gageure qu'on ait faite.

– Vous voulez rire, répliqua-t-il ; votre plumage vous sied trop bien pour que je méconnaisse un confrère. Vous appartenez infailliblement à cette race illustre et vénérable qu'on nomme en latin cacuata, en langue savante kakatoès, et en jargon vulgaire catacois.

– Ma foi, monsieur, cela est possible, et ce serait bien de l'honneur pour moi. Mais ne laissez pas de faire comme si je n'en étais pas, et daignez m'apprendre à qui j'ai la gloire de parler.

– Je suis, répondit l'inconnu, le grand poète Kacatogan. J'ai fait de puissants voyages, monsieur, des traversées arides et de cruelles pérégrinations. Ce n'est pas d'hier que je rime, et ma muse a eu des malheurs. J'ai fredonné sous Louis XVI, monsieur, j'ai braillé pour la République, j'ai noblement chanté l'Empire, j'ai discrètement loué la Restauration, j'ai même fait un effort dans ces derniers temps, et je me suis soumis, non sans peine, aux exigences de ce siècle sans goût. J'ai lancé dans le monde des distiques piquants, des hymnes sublimes, de gracieux dithyrambes, de pieuses élégies, des drames chevelus, des romans crépus, des vaudevilles poudrés et des tragédies chauves. En un mot, je puis me flatter d'avoir ajouté au temple des Muses quelques festons galants, quelques sombres créneaux et quelques ingénieuses arabesques. Que voulez-vous ! je me suis fait vieux. Mais je rime encore vertement, monsieur, et, tel que vous me voyez, je rêvais à un poëme en un chant, qui n'aura pas moins de six cents pages, quand vous m'avez fait une bosse au front. Du reste, si je puis vous être bon à quelque chose, je suis tout à votre service.

– Vraiment, monsieur, vous le pouvez, répliquai-je, car vous me voyez en ce moment dans un grand embarras poétique. Je n'ose dire que je sois un poète, ni surtout un aussi grand poète que vous, ajoutai-je en le saluant, mais j'ai reçu de la nature un gosier qui me démange quand je me sens bien aise ou que j'ai du chagrin. À vous dire la vérité, j'ignore absolument les règles.

– Je les ai oubliées, dit Kacatogan, ne vous inquiétez pas de cela.

– Mais il m'arrive, repris-je, une chose fâcheuse : c'est que ma voix produit sur ceux qui l'entendent à peu près le même effet que celle d'un certain Jean de Nivelle sur… Vous savez ce que je veux dire ?

– Je le sais, dit Kacatogan ; je connais par moi-même cet effet bizarre.

La cause ne m'en est pas connue, mais l'effet est incontestable.

— Eh bien ! monsieur, vous qui me semblez être le Nestor de la poésie, sauriez-vous, je vous prie, un remède à ce pénible inconvénient ?

— Non, dit Kacatogan, pour ma part, je n'en ai jamais pu trouver. Je m'en suis fort tourmenté étant jeune, à cause qu'on me sifflait toujours ; mais, à l'heure qu'il est, je n'y songe plus. Je crois que cette répugnance vient de ce que le public en lit d'autres que nous : cela le distrait.

— Je le pense comme vous ; mais vous conviendrez, monsieur, qu'il est dur, pour une créature bien intentionnée, de mettre les gens en fuite dès qu'il lui prend un bon mouvement. Voudriez-vous me rendre le service de m'écouter, et me dire sincèrement votre avis ?

— Très volontiers, dit Kacatogan ; je suis tout oreilles.

Je me mis à chanter aussitôt, et j'eus la satisfaction de voir que Kacatogan ne s'enfuyait ni ne s'endormait. Il me regardait fixement, et, de temps en temps, il inclinait la tête d'un air d'approbation, avec une espèce de murmure flatteur. Mais je m'aperçus bientôt qu'il ne m'écoutait pas, et qu'il rêvait à son poëme. Profitant d'un moment où je reprenais haleine, il m'interrompit tout à coup.

— Je l'ai pourtant trouvée, cette rime ! dit-il en souriant et en branlant la tête ; c'est la soixante mille sept cent quatorzième qui sort de cette cervelle-là ! Et l'on ose dire que je vieillis ! Je vais lire cela aux bons amis, je vais le leur lire, et nous verrons ce qu'on en dira !

Parlant ainsi, il prit son vol et disparut, ne semblant plus se souvenir de m'avoir rencontré.

V

Resté seul et désappointé, je n'avais rien de mieux à faire que de profiter du reste du jour et de voler à tire-d'aile vers Paris. Malheureusement, je ne savais pas ma route. Mon voyage avec le pigeon avait été trop peu agréable pour me laisser un souvenir exact ; en sorte que, au lieu d'aller tout droit, je tournai à gauche au Bourget, et, surpris par la nuit, je fus obligé de chercher un gîte dans les bois de Mortefontaine.

Tout le monde se couchait lorsque j'arrivai. Les pies et les geais, qui, comme on le sait, sont les plus mauvais coucheurs de la terre, se chamaillaient de tous les côtés. Dans les buissons piaillaient les moineaux, en piétinant les uns sur les autres. Au bord de l'eau marchaient gravement deux hérons, perchés sur leurs longues échasses, dans l'attitude de la méditation, Georges Dandins du lieu, attendant patiemment leurs femmes. D'énormes corbeaux, à moitié endormis, se posaient lourdement sur la pointe des arbres les plus élevés, et nasillaient leurs prières du soir. Plus bas, les mésanges amoureuses se pourchassaient encore dans les taillis, tandis qu'un pivert ébouriffé poussait son ménage par derrière, pour le faire entrer dans le creux d'un arbre. Des phalanges de friquets arrivaient des champs en dansant en l'air comme des bouffées de fumée, et se précipitaient sur un arbrisseau qu'elles couvraient tout entier ; des pinsons, des fauvettes, des rouges-gorges, se groupaient légèrement sur des branches découpées, comme des cristaux sur une girandole. De toute part résonnaient des voix qui disaient bien distinctement : – Allons, ma femme ! – Allons, ma fille ! – Venez, ma belle ! – Par ici, ma mie ! – Me voilà, mon cher ! – Bonsoir, ma maîtresse ! – Adieu, mes amis ! – Dormez bien, mes enfants !

Quelle position pour un célibataire que de coucher dans une pareille auberge ! J'eus la tentation de me joindre à quelques oiseaux de ma taille, et de leur demander l'hospitalité. – La nuit, pensais-je, tous les oiseaux sont gris ; et, d'ailleurs, est-ce faire tort aux gens que de dormir poliment près d'eux ?

Je me dirigeai d'abord vers un fossé où se rassemblaient des étourneaux. Ils faisaient leur toilette de nuit avec un soin tout particulier, et je remarquai que la plupart d'entre eux avaient les ailes dorées et les pattes vernies : c'étaient les dandies de la forêt. Ils étaient assez bons enfants, et ne m'honorèrent d'aucune attention. Mais leurs propos étaient si creux, ils se racontaient avec tant de fatuité leurs tracasseries et leurs bonnes fortunes, ils se frottaient si lourdement l'un à l'autre, qu'il me fut impossible d'y tenir.

J'allai ensuite me percher sur une branche où s'alignaient une demi-douzaine d'oiseaux de différentes espèces. Je pris modestement la dernière place, à l'extrémité de la branche, espérant qu'on m'y souffrirait. Par malheur, ma voisine était une vieille colombe, aussi sèche qu'une girouette rouillée. Au moment où je m'approchai d'elle, le peu de plumes qui couvraient ses os étaient l'objet de sa sollicitude ; elle feignait de les éplucher, mais elle eût trop craint d'en arracher une : elle les passait seulement en revue pour voir si elle avait son compte. À peine l'eus-je touchée du bout de l'aile, qu'elle se redressa majestueusement.

– Qu'est-ce que vous faites donc, monsieur ? me dit-elle en pinçant le bec avec une pudeur britannique.

Et, m'allongeant un grand coup de coude, elle me jeta à bas avec une vigueur qui eût fait honneur à un portefaix.

Je tombai dans une bruyère où dormait une grosse gelinotte. Ma mère elle-même, dans son écuelle, n'avait pas un tel air de béatitude. Elle était si rebondie, si épanouie, si bien assise sur son triple ventre, qu'on l'eût prise pour un pâté dont on avait mangé la croûte. Je me glissai furtivement près d'elle.

– Elle ne s'éveillera pas, me disais-je, et, en tout cas, une si bonne grosse maman ne peut pas être bien méchante. Elle ne le fut pas en effet.

Elle ouvrit les yeux à demi, et me dit en poussant un léger soupir :

– Tu me gênes, mon petit, va-t'en de là.

Au même instant, je m'entendis appeler : c'étaient des grives qui, du haut d'un sorbier, me faisaient signe de venir à elles. – Voilà enfin de bonnes âmes, pensai-je. Elles me firent place en riant comme des folles, et je me fourrai aussi lestement dans leur groupe emplumé qu'un billet doux dans un manchon. Mais je ne tardai pas à juger que ces dames avaient mangé plus de raisin qu'il n'est raisonnable de le faire ; elles se soutenaient à peine sur les branches, et leurs plaisanteries de mauvaise compagnie, leurs éclats de rire et leurs chansons grivoises me forcèrent de m'éloigner.

Je commençais à désespérer, et j'allais m'endormir dans un coin solitaire, lorsqu'un rossignol se mit à chanter. Tout le monde aussitôt fit silence. Hélas ! que sa voix était pure ! que sa mélancolie même paraissait douce ! Loin de troubler le sommeil d'autrui, ses accords semblaient le bercer. Personne ne songeait à le faire taire, personne ne trouvait mauvais qu'il chantât sa chanson à pareille heure ; son père ne le battait pas, ses amis ne prenaient pas la fuite.

– Il n'y a donc que moi, m'écriai-je, à qui il soit défendu d'être heureux ! Partons, fuyons ce monde cruel ! Mieux vaut chercher ma route dans les ténèbres, au risque d'être avalé par quelque hibou, que de me laisser déchirer ainsi par le spectacle du bonheur des autres !

Sur cette pensée, je me remis en chemin et j'errai longtemps au hasard. Aux premières clartés du jour, j'aperçus les tours de Notre-Dame. En un clin d'œil j'y atteignis, et je ne promenai pas longtemps mes regards avant de reconnaître notre jardin. J'y volai plus vite que l'éclair… Hélas ! il était vide… J'appelai en vain mes parents : personne ne me répondit. L'arbre où se tenait mon père, le buisson maternel, l'écuelle chérie, tout avait disparu. La cognée avait tout détruit ; au lieu de l'allée verte où j'étais né, il ne restait qu'un cent de fagots.

VI

Je cherchai d'abord mes parents dans tous les jardins d'alentour, mais ce fut peine perdue ; ils s'étaient sans doute réfugiés dans quelque quartier éloigné, et je ne pus jamais savoir de leurs nouvelles.

Pénétré d'une tristesse affreuse, j'allai me percher sur la gouttière où la colère de mon père m'avait d'abord exilé. J'y passais les jours et les nuits à déplorer ma triste existence. Je ne dormais plus, je mangeais à peine : j'étais près de mourir de douleur.

Un jour que je me lamentais comme à l'ordinaire :

— Ainsi donc, me disais-je tout haut, je ne suis ni un merle, puisque mon père me plumait ; ni un pigeon, puisque je suis tombé en route quand j'ai voulu aller en Belgique ; ni une pie russe, puisque la petite marquise s'est bouché les oreilles dès que j'ai ouvert le bec ; ni une tourterelle, puisque Gourouli, la bonne Gourouli elle-même, ronflait comme un moine quand je chantais ; ni un perroquet, puisque Kacatogan n'a pas daigné m'écouter ; ni un oiseau quelconque, enfin, puisque, à Mortefontaine, on m'a laissé coucher tout seul. Et cependant j'ai des plumes sur le corps ; voilà des pattes et voilà des ailes. Je ne suis point un monstre, témoin Gourouli, et cette petite marquise elle-même, qui me trouvaient assez à leur gré. Par quel mystère inexplicable ces plumes, ces ailes et ces pattes ne sauraient-elles former un ensemble auquel on puisse donner un nom ? Ne serais-je pas par hasard ?...

J'allais poursuivre mes doléances, lorsque je fus interrompu par deux portières qui se disputaient dans la rue.

– Ah, parbleu ! dit l'une d'elles à l'autre, si tu en viens jamais à bout, je te fais cadeau d'un merle blanc !

– Dieu juste ! m'écriai-je, voilà mon affaire. Ô Providence ! je suis fils d'un merle, et je suis blanc : je suis un merle blanc !

Cette découverte, il faut l'avouer, modifia beaucoup mes idées. Au lieu de continuer à me plaindre, je commençai à me rengorger et à marcher fièrement le long de la gouttière, en regardant l'espace d'un air victorieux.

– C'est quelque chose, me dis-je, que d'être un merle blanc : cela ne se trouve point dans le pas d'un âne. J'étais bien bon de m'affliger de ne pas rencontrer mon semblable : c'est le sort du génie, c'est le mien ! Je voulais fuir le monde, je veux l'étonner ! Puisque je suis cet oiseau sans pareil dont le vulgaire nie l'existence, je dois et prétends me comporter comme tel, ni plus ni moins que le phénix, et mépriser le reste des volatiles. Il faut que j'achète les Mémoires d'Alfieri et les poëmes de lord Byron ; cette nourriture substantielle m'inspirera un noble orgueil, sans compter celui que Dieu m'a donné. Oui, je veux ajouter, s'il se peut, au prestige de ma naissance. La nature m'a fait rare, je me ferai mystérieux. Ce sera une faveur, une gloire de me voir. – Et, au fait, ajoutai-je plus bas, si je me montrais tout bonnement pour de l'argent ?

– Fi donc ! quelle indigne pensée ! Je veux faire un poëme comme Kacatogan, non pas en un chant, mais en vingt-quatre, comme tous les grands hommes ; ce n'est pas assez, il y en aura quarante-huit, avec des notes et un appendice ! Il faut que l'univers apprenne que j'existe. Je ne manquerai pas, dans mes vers, de déplorer mon isolement ; mais ce sera de telle sorte, que les plus heureux me porteront envie. Puisque le ciel m'a refusé une femelle, je dirai un mal affreux de celles des autres. Je prouverai que tout est trop vert, hormis les raisins que je mange. Les rossignols n'ont qu'à se bien tenir ; je démontrerai, comme deux et deux font quatre, que leurs complaintes font mal au cœur, et que leur marchandise ne vaut rien. Il faut que j'aille trouver Charpentier. Je veux me créer tout d'abord une puissante position littéraire. J'entends avoir autour de moi une cour composée, non pas seulement de journalistes, mais d'auteurs véritables et même de femmes de lettres. J'écrirai un rôle pour mademoiselle Rachel, et, si elle refuse de le jouer, je publierai à son de trompe que son talent est bien inférieur à celui d'une vieille actrice de province. J'irai à Venise, et je louerai, sur les bords du grand canal, au milieu de cette cité féerique, le beau palais Mocenigo, qui coûte quatre livres dix sous par jour ; là, je m'inspirerai de tous les souvenirs que l'auteur de Lara doit y avoir laissés. Du fond de ma solitude, j'inonderai le monde d'un déluge de rimes croisées, calquées sur la strophe de Spencer, où je soulagerai ma grande âme ; je ferai soupirer toutes les mésanges, roucouler toutes les tourterelles, fondre en larmes toutes les bécasses, et hurler toutes les vieilles chouettes. Mais, pour ce qui regarde ma personne, je me montrerai inexorable et inaccessible à l'amour. En vain me pressera-t-on, me suppliera-t-on d'avoir pitié des infortunées qu'auront séduites mes chants sublimes ; à tout cela, je répondrai : Foin ! Ô excès de gloire ! mes manuscrits se vendront au poids de l'or, mes livres traverseront les mers ; la renommée, la fortune, me suivront partout ; seul, je semblerai indifférent aux murmures de la foule qui m'environnera. En un mot, je serai un parfait merle blanc, un véritable écrivain excentrique, fêté, choyé, admiré, envié, mais complètement grognon et insupportable.

VII

Il ne me fallut pas plus de six semaines pour mettre au jour mon premier ouvrage. C'était, comme je me l'étais promis, un poëme en quarante-huit chants. Il s'y trouvait bien quelques négligences, à cause de la prodigieuse fécondité avec laquelle je l'avais écrit ; mais je pensai que le public d'aujourd'hui, accoutumé à la belle littérature qui s'imprime au bas des journaux, ne m'en ferait pas un reproche.

J'eus un succès digne de moi, c'est-à-dire sans pareil. Le sujet de mon ouvrage n'était autre que moi-même : je me conformai en cela à la grande mode de notre temps. Je racontais mes souffrances passées avec une fatuité charmante ; je mettais le lecteur au fait de mille détails domestiques du plus piquant intérêt ; la description de l'écuelle de ma mère ne remplissait pas moins de quatorze chants : j'en avais compté les rainures, les trous, les bosses, les éclats, les échardes, les clous, les taches, les teintes diverses, les reflets ; j'en montrais le dedans, le dehors, les bords, le fond, les côtés, les plans inclinés, les plans droits ; passant au contenu, j'avais étudié les brins d'herbe, les pailles, les feuilles sèches, les petits morceaux de bois, les graviers, les gouttes d'eau, les débris de mouches, les pattes de hannetons cassées qui s'y trouvaient : c'était une description ravissante. Mais ne pensez pas que je l'eusse imprimée tout d'une venue ; il y a des lecteurs impertinents qui l'auraient sautée. Je l'avais habilement coupée par morceaux, et entremêlée au récit, afin que rien n'en fût perdu ; en sorte qu'au moment le plus intéressant et le plus dramatique arrivaient tout à coup quinze pages d'écuelle. Voilà, je crois, un des grands secrets de l'art, et, comme je n'ai point d'avarice, en profitera qui voudra.

L'Europe entière fut émue à l'apparition de mon livre ; elle dévora les révélations intimes que je daignais lui communiquer. Comment en eût-il été autrement ? Non seulement j'énumérais tous les faits qui se rattachaient à ma personne, mais je donnais encore au public un tableau complet de toutes les rêvasseries qui m'avaient passé par la tête depuis l'âge de deux mois ; j'avais même intercalé au plus bel endroit une ode composée dans mon œuf. Bien entendu d'ailleurs que je ne négligeais pas de traiter en passant le grand sujet qui préoccupe maintenant tant de monde : à savoir, l'avenir de l'humanité. Ce problème m'avait paru intéressant ; j'en ébauchai, dans un moment de loisir, une solution qui passa généralement pour satisfaisante.

On m'envoyait tous les jours des compliments en vers, des lettres de félicitation et des déclarations d'amour anonymes. Quant aux visites, je suivais rigoureusement le plan que je m'étais tracé ; ma porte était fermée à tout le monde. Je ne pus cependant me dispenser de recevoir deux étrangers qui s'étaient annoncés comme étant de mes parents. L'un était un merle du Sénégal, et l'autre un merle de la Chine.

– Ah ! monsieur, me dirent-ils en m'embrassant à m'étouffer, que vous êtes un grand merle ! que vous avez bien peint, dans votre poëme immortel, la profonde souffrance du génie méconnu ! Si nous n'étions pas déjà aussi incompris que possible, nous le deviendrions après vous avoir lu. Combien nous sympathisons avec vos douleurs, avec votre sublime mépris du vulgaire ! Nous aussi, monsieur, nous les connaissons par nous-mêmes, les peines secrètes que vous avez chantées ! Voici deux sonnets que nous avons faits, l'un portant l'autre, et que nous vous prions d'agréer.

– Voici, en outre, ajouta le Chinois, de la musique que mon épouse a composée sur un passage de votre préface. Elle rend merveilleusement l'intention de l'auteur.

– Messieurs, leur dis-je, autant que j'en puis juger, vous me semblez doués d'un grand cœur et d'un esprit plein de lumières. Mais pardonnez-moi de vous faire une question. D'où vient votre mélancolie ?

– Eh ! monsieur, répondit l'habitant du Sénégal, regardez comme je suis bâti. Mon plumage, il est vrai, est agréable à voir, et je suis revêtu de cette belle couleur verte qu'on voit briller sur les canards ; mais mon bec est trop court et mon pied trop grand ; et voyez de quelle queue je suis affublé ! la longueur de mon corps n'en fait pas les deux tiers. N'y a-t-il pas là de quoi se donner au diable ?

– Et moi, monsieur, dit le Chinois, mon infortune est encore plus pénible. La queue de mon confrère balaye les rues ; mais les polissons me montrent au doigt, à cause que je n'en ai point.

– Messieurs, repris-je, je vous plains de toute mon âme ; il est toujours fâcheux d'avoir trop ou trop peu n'importe de quoi. Mais permettez-moi de vous dire qu'il y a au Jardin des Plantes plusieurs personnes qui vous ressemblent, et qui demeurent là depuis longtemps, fort paisiblement empaillées. De même qu'il ne suffit pas à une femme de lettres d'être dévergondée pour faire un bon livre, ce n'est pas non plus assez pour un merle d'être mécontent pour avoir du génie. Je suis seul de mon espèce, et je m'en afflige ; j'ai peut-être tort, mais c'est mon droit. Je suis blanc, messieurs ; devenez-le, et nous verrons ce que vous saurez dire.

VIII

Malgré la résolution que j'avais prise et le calme que j'affectais, je n'étais pas heureux. Mon isolement, pour être glorieux, ne m'en semblait pas moins pénible, et je ne pouvais songer sans effroi à la nécessité où je me trouvais de passer ma vie entière dans le célibat. Le retour du printemps, en particulier, me causait une gêne mortelle, et je commençais à tomber de nouveau dans la tristesse, lorsqu'une circonstance imprévue décida de ma vie entière.

Il va sans dire que mes écrits avaient traversé la Manche, et que les Anglais se les arrachaient. Les Anglais s'arrachent tout, hormis ce qu'ils comprennent. Je reçus un jour, de Londres, une lettre signée d'une jeune merlette :

« J'ai lu votre poëme, me disait-elle, et l'admiration que j'ai éprouvée m'a fait prendre la résolution de vous offrir ma main et ma personne. Dieu nous a créés l'un pour l'autre ! Je suis semblable à vous, je suis une merlette blanche !... »

On suppose aisément ma surprise et ma joie. – Une merlette blanche ! me dis-je, est-il bien possible ? Je ne suis donc plus seul sur la terre ! Je me hâtai de répondre à la belle inconnue, et je le fis d'une manière qui témoignait assez combien sa proposition m'agréait. Je la pressais de venir à Paris ou de me permettre de voler près d'elle. Elle me répondit qu'elle aimait mieux venir, parce que ses parents l'ennuyaient, qu'elle mettait ordre à ses affaires et que je la verrais bientôt.

Elle vint, en effet, quelques jours après. Ô bonheur ! c'était la plus jolie merlette du monde, et elle était encore plus blanche que moi.

– Ah ! mademoiselle, m'écriai-je, ou plutôt madame, car je vous considère des à présent comme mon épouse légitime, est-il croyable qu'une créature si charmante se trouvât sur la terre sans que la renommée m'apprît son existence ? Bénis soient les malheurs que j'ai éprouvés et les coups de bec que m'a donnés mon père, puisque le ciel me réservait une consolation si inespérée ! Jusqu'à ce jour, je me croyais condamné à une solitude éternelle, et, à vous parler franchement, c'était un rude fardeau à porter ; mais je me sens, en vous regardant, toutes les qualités d'un père de famille. Acceptez ma main sans délai ; marions-nous à l'anglaise, sans cérémonie, et partons ensemble pour la Suisse.

– Je ne l'entends pas ainsi, me répondit la jeune merlette ; je veux que nos noces soient magnifiques, et que tout ce qu'il y a en France de merles un peu bien nés y soient solennellement rassemblés. Des gens comme nous doivent à leur propre gloire de ne pas se marier comme des chats de gouttière. J'ai apporté une provision de bank-notes. Faites vos invitations, allez chez vos marchands, et ne lésinez pas sur les rafraîchissements.

Je me conformai aveuglément aux ordres de la blanche merlette. Nos noces furent d'un luxe écrasant ; on y mangea dix mille mouches. Nous reçûmes la bénédiction nuptiale d'un révérend père Cormoran, qui était archevêque in partibus. Un bal superbe termina la journée ; enfin, rien ne manqua à mon bonheur.

Plus j'approfondissais le caractère de ma charmante femme, plus mon amour augmentait. Elle réunissait, dans sa petite personne, tous les agréments de l'âme et du corps. Elle était seulement un peu bégueule ; mais j'attribuai cela à l'influence du brouillard anglais dans lequel elle avait vécu jusqu'alors, et je ne doutai pas que le climat de la France ne dissipât bientôt ce léger nuage.

Une chose qui m'inquiétait plus sérieusement, c'était une sorte de mystère dont elle s'entourait quelquefois avec une rigueur singulière, s'enfermant à clef avec ses caméristes, et passant ainsi des heures entières pour faire sa toilette, à ce qu'elle prétendait. Les maris n'aiment pas beaucoup ces fantaisies dans leur ménage. Il m'était arrivé vingt fois de frapper à l'appartement de ma femme sans pouvoir obtenir qu'on m'ouvrît la porte. Cela m'impatientait cruellement. Un jour, entre autres, j'insistai avec tant de mauvaise humeur, qu'elle se vit obligée de céder et de m'ouvrir un peu à la hâte, non sans se plaindre fort de mon importunité. Je remarquai, en entrant, une grosse bouteille pleine d'une espèce de colle faite avec de la farine et du blanc d'Espagne. Je demandai à ma femme ce qu'elle faisait de cette drogue ; elle me répondit que c'était un opiat pour des engelures qu'elle avait.

Cet opiat me sembla tant soit peu louche ; mais quelle défiance pouvait m'inspirer une personne si douce et si sage, qui s'était donnée à moi avec tant d'enthousiasme et une sincérité si parfaite ? J'ignorais d'abord que ma bien-aimée fût une femme de plume ; elle me l'avoua au bout de quelque temps, et elle alla même jusqu'à me montrer le manuscrit d'un roman où elle avait imité à la fois Walter Scott et Scarron. Je laisse à penser le plaisir que me causa une si aimable surprise. Non seulement je me voyais possesseur d'une beauté incomparable, mais j'acquérais encore la certitude que l'intelligence de ma compagne était digne en tout point de mon génie. Dès cet instant, nous travaillâmes ensemble. Tandis que je composais mes poèmes, elle barbouillait des rames de papier. Je lui récitais mes vers à haute voix, et cela ne la gênait nullement pour écrire pendant ce temps-là. Elle pondait ses romans avec une facilité presque égale à la mienne, choisissant toujours les sujets les plus dramatiques, des parricides, des rapts, des meurtres, et même jusqu'à des filouteries, ayant toujours soin, en passant, d'attaquer le gouvernement et de prêcher l'émancipation des merlettes. En un mot, aucun effort ne coûtait à son esprit, aucun tour de force à sa pudeur ; il ne lui arrivait jamais de rayer une ligne, ni de faire un plan avant de se mettre à l'œuvre. C'était le type de la merlette lettrée.

Un jour qu'elle se livrait au travail avec une ardeur inaccoutumée, je m'aperçus qu'elle suait à grosses gouttes, et je fus étonné de voir en même temps qu'elle avait une grande tache noire dans le dos.

– Eh, bon Dieu ! lui dis-je, qu'est-ce donc ? est-ce que vous êtes malade ?

Elle parut d'abord un peu effrayée et même penaude ; mais la grande habitude qu'elle avait du monde l'aida bientôt à reprendre l'empire admirable qu'elle gardait toujours sur elle-même. Elle me dit que c'était une tache d'encre, et qu'elle y était fort sujette dans ses moments d'inspiration.

– Est-ce que ma femme déteint ? me dis-je tout bas. Cette pensée m'empêcha de dormir. La bouteille de colle me revint en mémoire. – Ô ciel ! m'écriai-je, quel soupçon ! Cette créature céleste ne serait-elle qu'une peinture, un léger badigeon ? se serait-elle vernie pour abuser de moi ?... Quand je croyais presser sur mon cœur la sœur de mon âme, l'être privilégié créé pour moi seul, n'aurais-je donc épousé que de la farine ?

Poursuivi par ce doute horrible, je formai le dessein de m'en affranchir. Je fis l'achat d'un baromètre, et j'attendis avidement qu'il vînt à faire un jour de pluie. Je voulais emmener ma femme à la campagne, choisir un dimanche douteux, et tenter l'épreuve d'une lessive. Mais nous étions en plein juillet ; il faisait un beau temps effroyable.

L'apparence du bonheur et l'habitude d'écrire avaient fort excité ma sensibilité. Naïf comme j'étais, il m'arrivait parfois, en travaillant, que le sentiment fût plus fort que l'idée, et de me mettre à pleurer en attendant la rime. Ma femme aimait beaucoup ces rares occasions : toute faiblesse masculine enchante l'orgueil féminin. Une certaine nuit que je limais une rature, selon le précepte de Boileau, il advint à mon cœur de s'ouvrir.

– Ô toi ! dis-je à ma chère merlette, toi, la seule et la plus aimée ! toi, sans qui ma vie est un songe ! toi, dont un regard, un sourire, métamorphosent pour moi l'univers, vie de mon cœur, sais-tu combien je t'aime ? Pour mettre en vers une idée banale déjà usée par d'autres poètes, un peu d'étude et d'attention me font aisément trouver des paroles ; mais où en prendrai-je jamais pour t'exprimer ce que ta beauté m'inspire ? Le souvenir même de mes peines passées pourrait-il me fournir un mot pour te parler de mon bonheur présent ? Avant que tu fusses venue à moi, mon isolement était celui d'un orphelin exilé ; aujourd'hui, c'est celui d'un roi. Dans ce faible corps, dont j'ai le simulacre jusqu'à ce que la mort en fasse un débris, dans cette petite cervelle enfiévrée, où fermente une inutile pensée, sais-tu, mon ange, comprends-tu, ma belle, que rien ne peut être qui ne soit à toi ? Écoute ce que mon cerveau peut dire, et sens combien mon amour est plus grand ! Oh ! que mon génie fût une perle, et que tu fusses Cléopâtre !

En radotant ainsi, je pleurais sur ma femme, et elle déteignait visiblement. À chaque larme qui tombait de mes yeux, apparaissait une plume, non pas même noire, mais du plus vieux roux (je crois qu'elle avait déjà déteint autre part). Après quelques minutes d'attendrissement, je me trouvai vis-à-vis d'un oiseau décollé et désenfariné, identiquement semblable aux merles les plus plats et les plus ordinaires.

Que faire ? que dire ? quel parti prendre ? Tout reproche était inutile. J'aurais bien pu, à la vérité, considérer le cas comme rédhibitoire, et faire casser mon mariage ; mais comment oser publier ma honte ? N'était-ce pas assez de mon malheur ? Je pris mon courage à deux pattes, je résolus de quitter le monde, d'abandonner la carrière des lettres, de fuir dans un désert, s'il était possible, d'éviter à jamais l'aspect d'une créature vivante, et de chercher, comme Alceste,

…… Un endroit écarté,
Où d'être un merle blanc on eût la liberté !

IX

Je m'envolai là-dessus, toujours pleurant ; et le vent, qui est le hasard des oiseaux, me rapporta sur une branche de Mortefontaine. Pour cette fois, on était couché. – Quel mariage ! me disais-je, quelle équipée ! C'est certainement à bonne intention que cette pauvre enfant s'est mis du blanc ; mais je n'en suis pas moins à plaindre, ni elle moins rousse.

Le rossignol chantait encore. Seul, au fond de la nuit, il jouissait à plein cœur du bienfait de Dieu qui le rend si supérieur aux poètes, et donnait librement sa pensée au silence qui l'entourait. Je ne pus résister à la tentation d'aller à lui et de lui parler.

– Que vous êtes heureux ! lui dis-je : non seulement vous chantez tant que vous voulez, et très bien, et tout le monde écoute ; mais vous avez une femme et des enfants, votre nid, vos amis, un bon oreiller de mousse, la pleine lune et pas de journaux. Rubini et Rossini ne sont rien auprès de vous : vous valez l'un, et vous devinez l'autre. J'ai chanté aussi, monsieur, et c'est pitoyable. J'ai rangé des mots en bataille comme des soldats prussiens, et j'ai coordonné des fadaises pendant que vous étiez dans les bois. Votre secret peut-il s'apprendre ?

– Oui, me répondit le rossignol, mais ce n'est pas ce que vous croyez. Ma femme m'ennuie, je ne l'aime point ; je suis amoureux de la rose : Sadi, le Persan, en a parlé. Je m'égosille toute la nuit pour elle, mais elle dort et ne m'entend pas. Son calice est fermé à l'heure qu'il est : elle y berce un vieux scarabée, – et demain matin, quand je regagnerai mon lit, épuisé de souffrance et de fatigue, c'est alors qu'elle s'épanouira, pour qu'une abeille lui mange le cœur !